Sword Art Online

ソードアート・オンライン

Phantom Bullet

004

ZEICHNUNGEN:
KOUTAROU YAMADA

ORIGINAL:
REKI KAWAHARA

CHARAKTERDESIGN:
abec

ソードアート・オンライン
Sword Art Online
Phantom Bullet

004

ZEICHNUNGEN: KOUTAROU YAMADA
ORIGINAL: REKI KAWAHARA
CHARAKTERDESIGN: abec

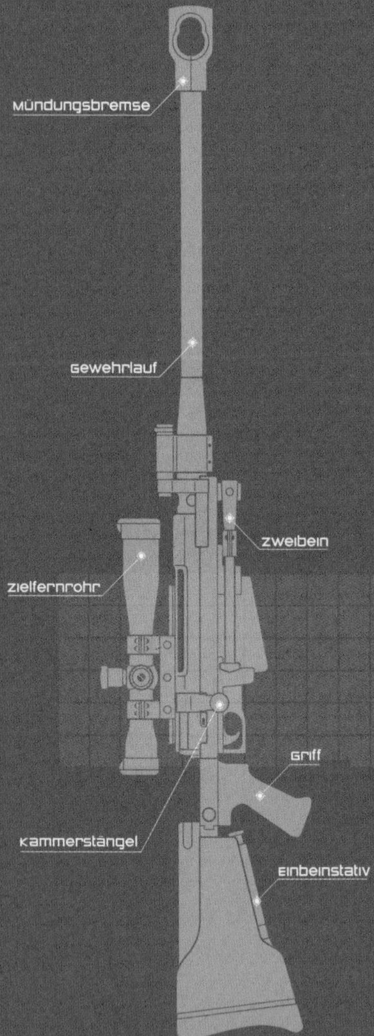

inhalt

stage.013 005
stage.014 017
stage.015 039
stage.016 051
stage.017 065
stage.018 083
stage.019 105
stage.020 129

Datum: 14. Dezember 2025, Sonntag

ZASKAR Gun Gale Online

Ultima Ratio Hécate II

Patronen: 12,7X99 mm NATO
7-Schuss-Kastenmagazin

ソードアート・オンライン

Sword Art Online

Phantom Bullet

004

ZEICHNUNGEN: KOUTAROU YAMADA
ORIGINAL: REKI KAWAHARA
CHARAKTERDESIGN: abec

TOKYOPOP®

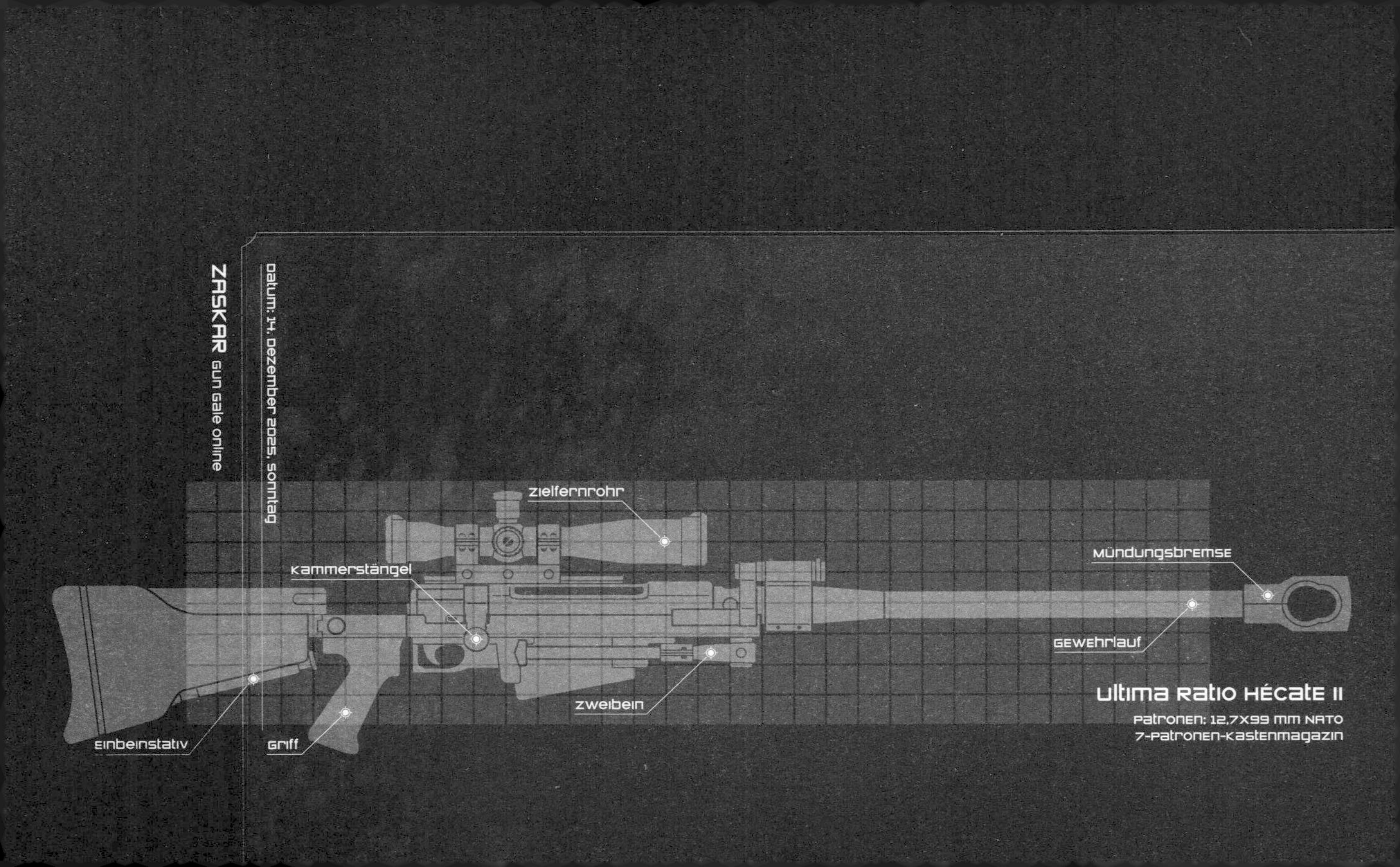
ZASKAR Gun Gale online
Datum: 14. Dezember 2025, Sonntag
Zielfernrohr
Kammerstängel
Mündungsbremse
Gewehrlauf
Einbeinstativ
Griff
Zweibein
Ultima Ratio Hécate II
Patronen: 12,7X99 mm NATO
7-Patronen-Kastenmagazin

stage.013

Ich mach mich auf den Weg.
Ruh du dich noch etwas hier aus, Sinon.
Was ...?
Willst du allein gegen Death Gun kämpfen?
Ja.
Er ist stark.
Es wird schwierig, ihn zu besiegen, ohne dass er zumindest einen Schuss mit seiner Pistole abfeuert.
Wenn ich das nächste Mal in diese Mündung blicke, werde ich dich vielleicht im Stich lassen und fliehen.

Deswegen will ich dich nicht weiter in die Sache reinziehen.
Selbst du hast Angst vor ihm?
Ja, habe ich.
Mein früheres Ich hätte vielleicht gegen ihn kämpfen können, auch wenn ich dabei hätte sterben können.
Aber jetzt ... gibt es vieles, das ich beschützen will.
Ich darf und will nicht sterben.
Dann wäre es doch besser, sich hier versteckt zu halten.
Das kann ich nicht tun.
Wer weiß, wie viele Spieler er noch mit seiner Pistole erschießt, wenn wir ihn gewähren lassen.
Stimmt.
Du bist wirklich stark.

Ich kämpfe auch.
Mir egal, ob ich sterbe.
Vorhin hatte ich schreckliche Angst.
Ich hab mich vor dem Tod gefürchtet.
Ich war sogar schwächer als vor fünf Jahren.
Ich habe jämmerlich geschrien.
So kann ich nicht weitermachen.
Angst ist doch ganz natürlich.
Es gibt iemanden, der sich icht vorm Sterben fürchtet.
Aber ich hasse es Angst zu haben ...
... weißt du?
Ich bin's leid, in ständiger Angst zu leben.
Ich bitte dich auch nicht um Hilfe.
Ich kann allein kämpfen.
PACK

Du meinst, du wirst al-lein kämpfen und allein sterben?
Da liegst du falsch.
Es ist unmöglich, dass ein Mensch allein stirbt.
Wenn jemand stirbt, stirbt derjenige auch in den Herzen anderer Men-schen.
Und ich habe dich schon in mein Herz ge-schlossen, Sinon!
Wir sind längst keine Fremden mehr!
Darum ...
Darum hab ich nicht gebeten!
TSCHACK

Wenn das so ist ...
Dann beschütz mich doch dein Leben lang!

Du hast doch kein Ahnung!
Red nicht so groß daher!
Das ist ganz allein mein Kampf!
Selbst wenn ich verliere und dabei draufgehe ...
... hat keiner das Recht, mir da reinzureden!
Oder wirst du etwa diese Bürde mit mir tragen?!
Wirst du ...
... diese Hand ...
... einer Mörderin halten?

Wirst du meine Hand ergreifen?!
Uwaaah! Raaaah!
Uuh ...
Ich hasse dich! Ich kann dich echt nicht ausstehen!
Aah!
Aaah!

Weißt du ...
Ich habe jemanden getötet.

Vor fünf Jahren bei einem Raubüberfall auf eine Postfiliale in einer kleinen Stadt in Tohoku.
In der Presse hieß es, dass der Täter bei der Explosion seiner Waffe gestorben sei. Aber das ist nicht wahr.
Ich war da. Hab mir seine Pistole geschnappt und ihn erschossen.
Seitdem übergebe ich mich jedes Mal oder kipp um, wenn ich eine Schusswaffe nur sehe.
Aber in dieser Welt komme ich damit klar.
Daher dachte ich ...
... wenn ich in dieser Welt die Stärkste werden würde ...
... könnte ich das alles vergessen.
Natürlich habe ich Angst vorm Tod.
Aber ...
Ich kann es genauso wenig ertragen, weiterhin in Angst zu leben.

Wenn ich kampflos vor Death Gun ... und meinen Erinnerungen davonlaufe, mach mich das noch schwächer als zuvor.
Also ...
Ich ...
Ich habe auch Menschen getötet.
Ich bin einer der *SAO*-Überlebenden.
Was?

Die Leute, die ich in *SAO* getötet habe, waren Death Guns Kameraden.
Ich muss damit abschließen.
In dieser Welt.
FUOOOOOOH

stage.014
Also ist Death Gun einer derjenigen, gegen die du damals gekämpft hast?
Und er ist zum PK nach *GGO* gekommen?
Ja.
Und er will zur Schau stellen, dass er Menschen aus dem Spiel heraus töten kann.
Aber die Todesursache in der Wirklichkeit soll kein Hirnschaden, sondern Herzversagen gewesen sein.
...
Moment mal ...

Sinon!
Es ist nicht möglich, jemanden mit einer Waffe in der virtuellen Welt tatsächlich zu töten.
In dem Fall gibt es nur eine denkbare Antwort ...
Ich lag total falsch.

Es gibt einen Komplizen in der Wirklichkeit.
Kurz gesagt, mehrere Personen sind Death Gun!
Zur selben Zeit, wenn die Zielperson im Spiel getötet wird ...
... geschieht auch der echte Mord!
Was?

Aber ... Nein ...
Das kann nicht sein. Woher sollten sie die Adressen ...
Name
Adresse
Wer einen Preis will, muss bei der Anmeldung Name und Adresse angeben.
Solang man nicht entdeckt wird, könnte man die Bildschirme der Terminals ausspähen.
Mit Death Guns Metamaterial Optical Camouflage bemerkt ihn niemand.
Das passt auch dazu, dass er Dyne nicht getötet hat.
Der hat nämlich seine Adresse nicht angegeben.
D... Das heißt ...

In genau diesem Augenblick ist also jemand in meiner Wohnung und wartet nur auf den Moment, in dem ich von dieser Pistole erschossen werde?
Ich lebe allein.
Die Tür hat zwar ein elektronisches Schloss ...
O... Ob er einen Dietrich hat?
Ganz ruhig, Sinon.
Solang er dich nicht erschießt, bist du sicher.
Die Regel haben sie selbst aufgestellt.
Was machen wir jetzt?
Wir besiegen Death Gun.

Hör zu, ich spiel den Lockvogel.
Ich verlasse die Höhle zuerst. Beim nächsten Satellitenscan lasse ich mich auf der Map anzeigen und locke Death Gun heraus.
Vermutlich wird er sich erst mal irgendwo verstecken und versuchen, mich mit seinem Gewehr zu erwischen.
Dann bestimmst du anhand der Schussrichtung seine Position ...
... und erschießt ihn.
SSS
ZING
Der siebte Satellitensca
des Turniers um 21:45 Uhr ...
... lieferte laut Kirito folgendes Ergebnis ...
Von den 30 Teilnehmern zu Beginn des Battle Royale sind bereits 24 ausgeschieden.

Die einzig noch lebend angezeigten Spieler sind Kirito und Yamikaze!
Dazu kommen Death Gun alias Sterben und ich, die vorm Scan verborgen sind. Macht vier.
Außer Pale Rider, der mit der Black Star erschossen wurde …
… muss noch ein weiterer Spieler aus dem Spiel geflogen sein.
Über die ganze Wüste waren ausgegraute Punkte verstreut.
Vermutlich hat Death Gun ie auf der Suche ach mir alle der Reihe nach mit seinem Gewehr ausgeschaltet.
…
Aber du …
… hast sogar die Kugel meiner Hécate aus nächster Nähe zerteilt.
Du wirst seinem Schuss ausweichen, nicht wahr, Kirito?

Diese Kugel werde ich als Shino abfeuern.
Schluss mit Weglaufen.
BUBUMM
Ich werde zu diesem Moment vor fünf Jahren zurückkehren und von dort aus neu beginnen.
Jetzt ist die Zeit gekommen.
Falls ich danebenschieße, wird Kirito besiegt und ich von der Black Star erschossen.
Dann wird in der Wirklichkeit mein Herz zum Stillstand gebracht.
HAH
HAH
BUBUMM
Von diesem einen Schuss hängt also mein echtes Leben ab.
Genau wie damals.
BUBUMM
BUBUMM
Puh …

Bitte, Hécate II ...
Ich bin schwach. Leih mir deine Kraft.
Die Kraft, mich noch einmal zu erheben.

...!
Erspüre ...
... die feindliche Präsenz.
Jemand rennt auf mich zu.
Das ist Yamikaze.
Von Südwest.
Sinon wird ihn aufhalten.

Während des Dives in ein VRMMO ist der Spieler ständig verbunden mit seinem »Ich«, das in Form von Statusdaten auf einem weit entfernten Spielserver liegt.
Befindet sich der Spieler allein in der Wildnis oder einem Dungeon, greift niemand außer er selbst auf diese Daten zu.
Doch falls ihm irgendjemand auflauert ...
... gibt es mindestens doppelt so viele Zugriffe auf die Statusdaten.
Durch diese erhöhte Verarbeitungslast entsteht ein kaum merklicher Übertragungslag ...
... den ich meiner Vermutung nach als »Mordabsicht« wahrnehme.

»Kirito ...«

»Kirito ...«
»Ich mach ...
... dich kalt«
Z
NG

ZIIING

ZOTSCH
TSCHACK
!
Da bist du also!
BWASCH

KABOMM
WUOMM
Argh ...!

Kirito!
Yami-kaze ist erle-digt!
Okay!
KLOCK
SWUSCH
Uaaaaah!
ZISCH

FWITSCH
Da ist er!

TSCHING
TSCHACK

ソードアート・オンライン
Sword Art Online
Phantom Bullet

Sword Art Online

Phantom Bullet

stage.015
KABUMM

ZIIING
ZOSCH

Jetzt liegt's an dir ...
Kirito!
Uaaaaaaah!

Vorpal Strike!
FWOSCH
ZING

ZOTSCH
Argh!

都立中央病院
Toritsu Central Hospital
HAH
HAH
Kirito
BIEP
BIEP
Seine Herzfre-quenz ist gerade sprunghaft gestiegen.

Er kämpft wohl gerade im Spiel.
Ja, richtig.
Dieser
pieler im
rissenen
nhang ...
sterben
Ein Estoc.
Bei Laughing Coffin gab es auch so jemanden!
Sein Name war ...
sterben

St... Sterben?
sterben
Nanu
Ein deutscher Name?
!
Das Wort ist auch ein Fachbegriff ...
... aus der japanischen Medizin.
Hier im Krankenhaus ...
... verwenden wir ihn im Falle des Todes eines Patienten.
Schwarzer Schwertkämpfer ...

Du hast zu viel faulige Luft in der Wirklichkeit eingeatmet.
Hätte dein früheres Ich deinen schlappen Sword Skill eben sehen können, wäre es enttäuscht.
Schon möglich ...
Aber das gilt genauso auch für dich.
Oder hältst du dich etwa immer noch für ein Mitglied von Laughing Coffin?
Oho! Also erinnerst du dich wieder.
Dann dürftest du auch begreifen ...
... dass ich ein wahrer Red Player bin.
Du bist nur ein Feigling, der nicht über die Bedeutung des Tötens nachdenkt und versucht zu vergessen.

...
Mag sein.
Aber du bist auch kein Mörder mehr.
Ich habe mittlerweile eine Vermutung, wie du es anstellst.
Ach ja? Und wie? Sag schon.
Du benutzt deinen Optical-Ca mouflage-Umhang ..
... um an den Terminals in der Generalverwaltung die Adressen der *BoB*-Teilnehmer herauszufinden.
Dann lässt du einen Komplizen vorab in ihre Wohnung einbrechen.
Der verabreicht ihnen zeitlich abgestimmt mit deinem Schuss ein Mittel.
So inszeniert ihr einen Tod durch Herzversagen.
...

Verstehe. Interessante Annahme.
Aber leider wirst du mich nicht aufhalten.
Denn du wirst dich niemals an meinen früheren Namen erinnern.
Was ... sagst du?
He he.
Damals hast du mir gesagt.
»Ich will deinen Namen nicht wissen. Ich muss ihn nicht wissen.
Wir werden uns nie wieder begegnen.«

stage.016
Solang du dich nicht an meinen Namen erinnerst ...
ZWUMM
ZACK
... kommst du trotz aller Daten über die SAO-Spieler ...
... niemals in der Realität an mich heran!
ZACK

ZOSCH
SWISCH
Ugh!
Ich muss parie-ren!
ZWUMM

...?!
FWISCH
Das Photonenschwert ging einfach durch das Estoc hindurch?!
He he. Es besteht aus dem hochwertigsten Metall im ganzen Spiel.
ZACK
Der Panze rung eine Raumschlachtschiffes.
ZOTSCH

Kirito!
Halt durch, Kirito.
Ohne Zielfern-rohr kann ich nicht snipern.
Gibt es nichts ...
. das h tun ann?
...!
Doch!
Eins kann ich tun.

Ich weiß nicht, wie effektiv das sein wird.
Aber es ist einen Versuch wert.
ZACK
Kirito!!!
Mama, seine Hand!
Yui?

Nimm seine Hand!
Die Wärme deiner Hand wird ihn bestimmt erreichen.
Yui
23:08
Halte seine Hand ...
... auch für mich ...
Keine Sorge ... Er wird deine Hand bestimmt auch spü- ren.
Lass uns deinen Papa ...
... Kirito zusammen anfeuern.

Halt durch, Kirito.
Ich bin immer bei dir.
Stimmt ...
Ich wollte nie wieder etwas mit ihm zu tun haben.

FWUSCH
ZISCH
Er ist schnell!
Ich kann nicht parieren.
Wie kann ich die Situation lösen?
BWAMM
He he!
He!

KAZOTSCH
Was soll ich tun?!

WUAMM
Argh!
Meine HP-Leiste ...
... ist rot.
Auch mein Blickfeld ... ist rot.
Aber ...
... vergessen konnte ich es nie.
In Wahrheit war ich nicht dazu in der Lage.

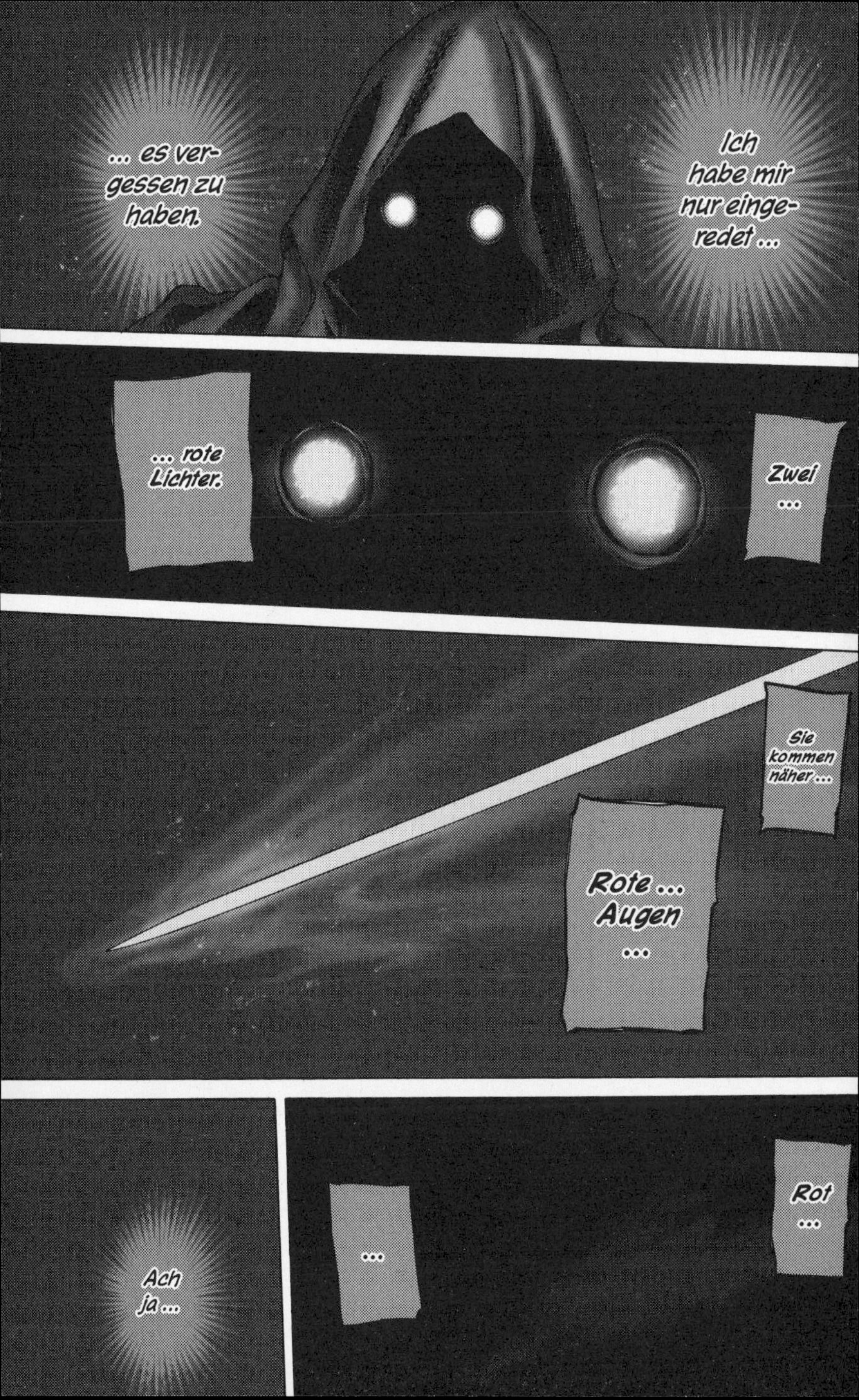
Ich habe mir nur eingeredet ...
... es vergessen zu haben.
Zwei ...
... rote Lichter.
Sie kommen näher ...
Rote ... Augen ...
Rot ...
...
Ach ja ...

Auch der Estoc-Kämpfer von Laughing Coffin ...
... hatte rote Augen ...
Rot ...
Rot ...
»Rotäugiger XaXa«!

ソードアート・オンライン

Sword Art Online

Phantom Bullet

ソードアート・オンライン

Sword Art Online

Phantom Bullet

stage.017
Der Anführer von Laughi Coffin hei PoH.
Aber merkt euch auch Namen und Waffen der restlichen Führungsriege.
Der schwarz gekleidete Typ mit den Giftdolchen ist ...
... Johnny Black.
Und der andere ist ...
... rot.
Ja.
Ein Estoc-Kämpfer mit rot gefärbten Augen und Haaren.
Sein Name ist ...

FWUOH

XaXa
!!!

ZISCH
Der
täu-
ige
aXa!
as
dein
ame!

KAZOSCH

Das war ...
... keine Kugel ...
Das ist eine Bullet Line!
Sinon!
Das ist ein Angriff mit der Bullet Line selbst.
Für diesen Kunstgriff ...
... hat sie all ihre Erfahrung und ihren Kampfgeist aufgewandt.

Ihre finale Attacke.
Eine Phantom Bullet.

FWOSCH
Das ist …
… meine Chance!
!!!
ZWUMM
HUAAAAAH!!!

ZWUMM
Du ent-kommst mir nicht!
FWUMM

SCHACK
PLAMM
PLAMM

BABAMM
Argh!
Aah!
Dual-schwerter-Sturm-angriff!
Double Circular!!!

OMM

ZUW

WUOMM
KRACK
KLIRR

WOMPP
FLOMPP
...
Es ist ...
... noch nicht ... vorbei.
Das lassen wir nicht ... zu ...

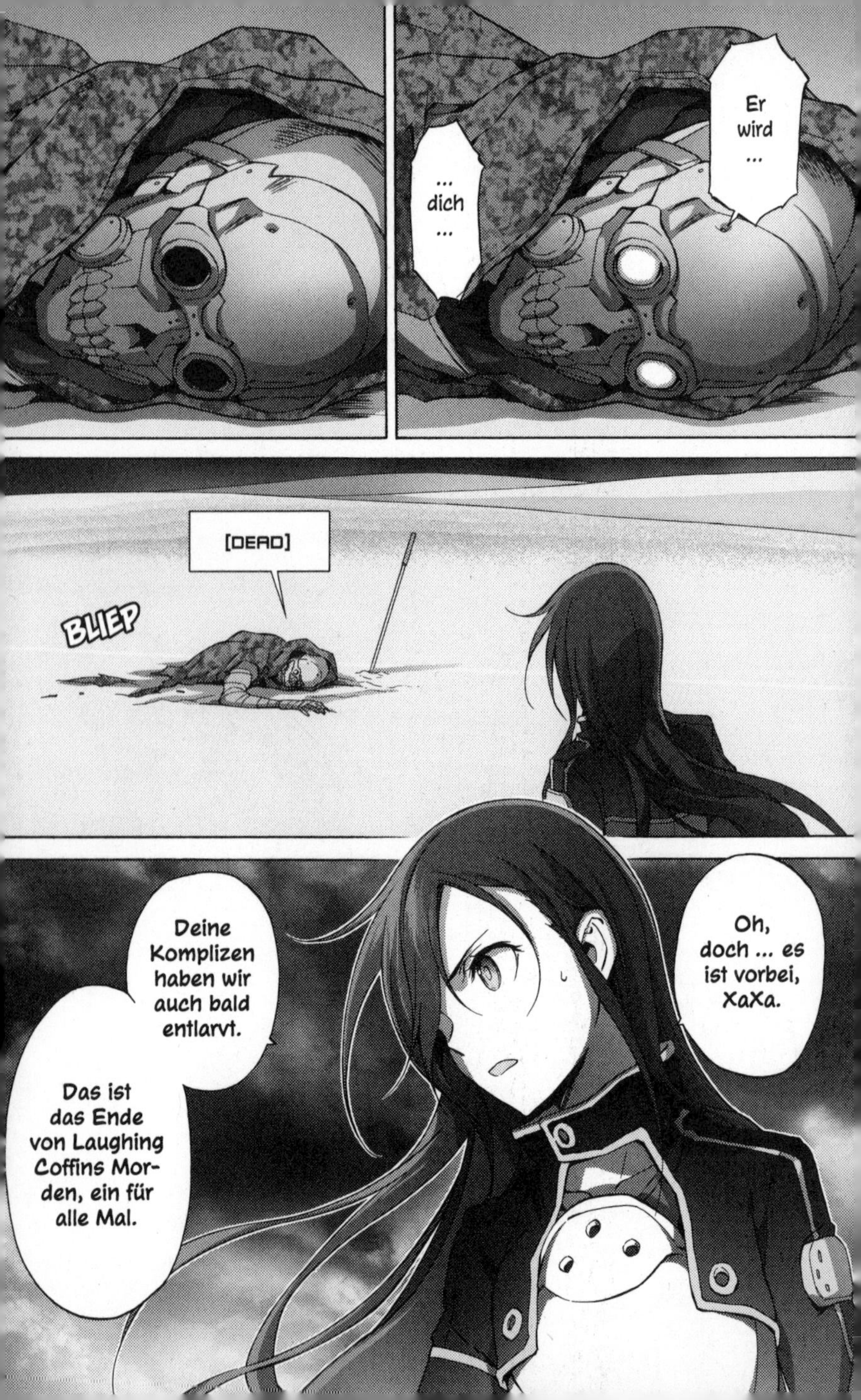

Er wird ...
... dich ...
[DEAD]
BLIEP
Oh, doch ... es ist vorbei, XaXa.
Deine Komplizen haben wir auch bald entlarvt.
Das ist das Ende von Laughing Coffins Morden, ein für alle Mal.

WUAAAAH
YEAAAAH
Dieser Teufelskerl hat's geschafft!

Es ist vorbei.

POCK
stage.018
Oh ...

Ich sehe zum ersten Mal Sterne in dieser Welt.

Durch die Auswirkungen des apokalyptischen Krieges ist der Himmel von GGO stets von dicken Wolken bedeckt.
Tagsüber herrscht ein melancholisches Zwielicht, und auch der Nachthimmel leuchtet blutrot.
Doch laut einer Prophezeiung ...
... werden sich die Gifte in der Erde irgendwann zersetzen und in weißen Sand verwandeln.
Dann werden sich die Wolken auflösen ...
... und die Lichter der Sterne und Raumschiffe an den Nachthimmel zurückkehren.
Wir sollten das Turnier wohl so langsam mal beenden.
Ja, du hast recht.

WUAAAH
Die Zuschauer sind bestimmt schon genervt.
Was treiben die da?!
Na los!
Die Gefahr innerhalb des Turniers ist gebannt
Aber zur Sicherheit solltest du nach dem Log-out die Polizei rufen.
Wie sollte ich ihnen das erklären?
Auch wieder wahr ...
Ich könnte meinen Auftraggeber um Hilfe bitten.
Aber ich kann dich hier nicht nach Adresse und Namen fragen.
Staatsbeamter
Schon gut, ich verrat's dir.
Auch egal jetzt.
Was ...? Aber ...
Mein Name ist Shino Asada.
Ich wohne ...

——!
So ein Zufall! Ich dive gerade ganz in der Nähe.
Dann ginge es wahrscheinlich schneller, wenn ich hiernach bei dir vorbeikomme.
Was?!
D... Du willst vorbeikommen?
N... Nein, schon gut.
Ein Freund, dem ich vertrauen kann, wohnt ganz in der Nähe.
Okay.
Hey!
Willst du dich aus der Affäre ziehen?
Oh!
Oh, sorry.
Ich heiße Kazuto Kirigaya.
Deswegen also Kirito.
Das ist echt nicht sehr einfallsreich.
M... Musst du gerade sagen!

Also, wie wollen wir das Turnier beenden?
Sollen wir es mit einem weiteren Duell entscheiden?
Du bist ganz schön mitgenommen.
Verschieben wir unseren Kampf auf das nächste Turnier.
Es kommt selten vor ...
Aber beim ersten BoB soll es zwei Sieger gegeben haben.
?!
Derjenige ...
... der eigentlich ewonnen hätte, ar unvorsichtig nd ist von einer Geschenkgranate erwischt worden.
Das ist ja fies.
BIEP

TICK TICK
Was sind denn Geschenk-granaten?
Wenn ein Spieler ku vor seine Niederlag noch eine Granate zündet ...
... um seinen Geg-ner mit in den Tod zu reißen.
TADAH
Was?!
Ah!
TICK TICK
Ah!

DRÜCK
LÄCHEL
GRINS

KABOMM
WUAMM
3. Bullet of Bullets
Gewinner
SINON
KIRITO

WUOOOOOH
WAAAAH
YEAAAH
sinon kirito
YEAAAH

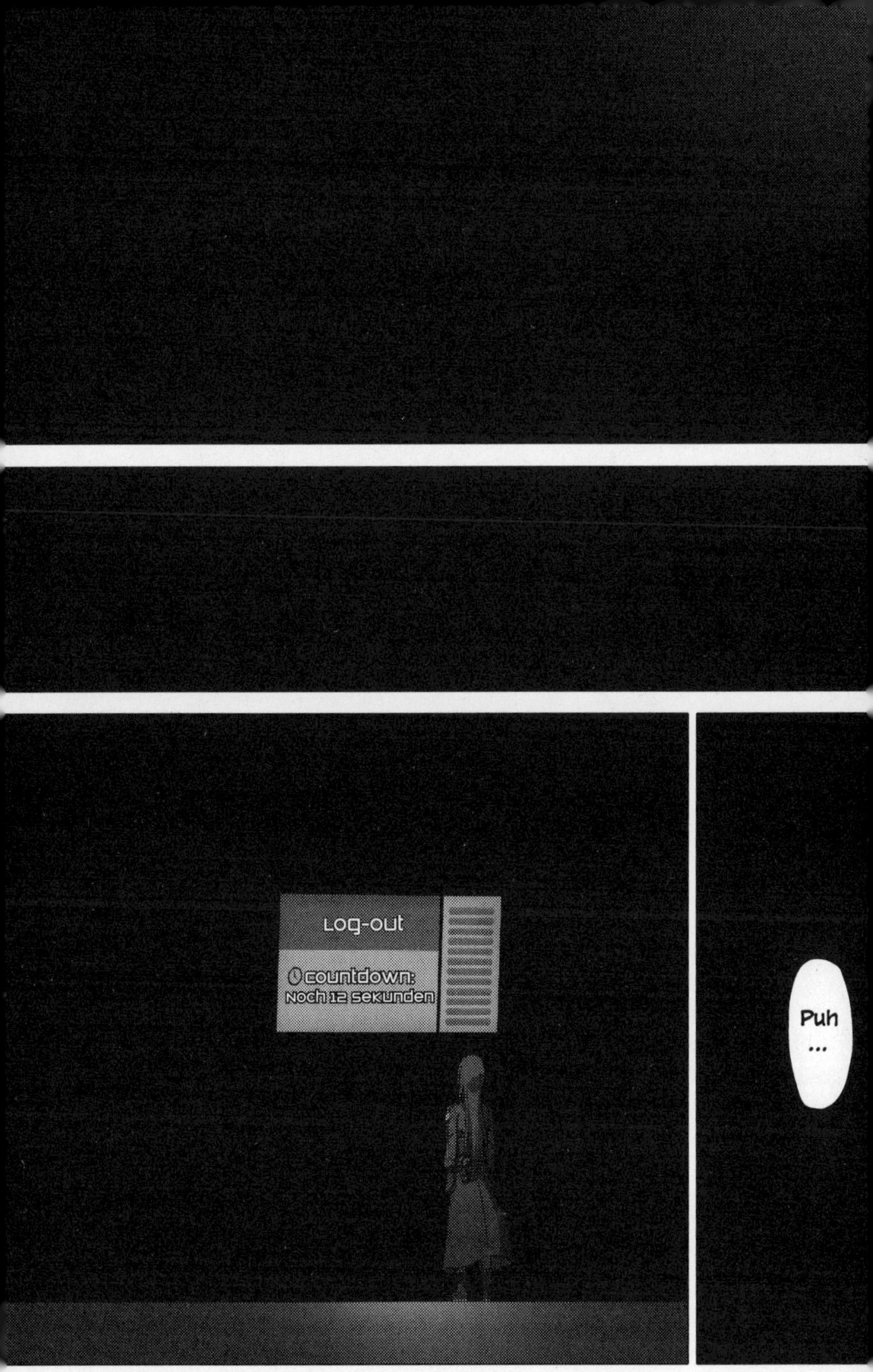
Log-out
countdown:
Noch 12 Sekunden
Puh
...

Log-out
Countdown: Noch 10 Sekunden
Keith
27 Rancho
28 Raiden
– Garrett
– Pale Rider
Pale Rider
Bei zweien wurde die Verbindung getrennt.
Ich hab beim letzten Satellitenscan schon befürchtet, dass außer Pale Rider noch jemand aus dem Spiel geflogen ist.
Wenn ich mich nicht irre, sind Death Gun zwei Personen zum Opfer gefallen.
Was bedeutet ...
... es gibt auch zwei Komplizen.

KLICK
Ganz ruhig. Hier ist nie- mand.
Puh ...
... Wie bescheu- ert.

DING
DOOONG
SCHRECK
Asada, bist du da?
Ich bin's!
Kyouji?
Ähm ... Ich wollte dir unbedingt zum Sieg gratulieren.
Ich hab Kuchen mitgebracht!

D... Du warst ja schnell hier.
Na ja...
Ich war in der Nähe und habe den Stream auf dem Handy geschaut.
Damit ich dir gleich gratulieren kann.
Herzlichen Glückwunsch zum Sieg im BoB!
Echt toll! Jetzt bist du endlich die stärkste Schützin in GGO.
Danke ...
Aber ... ich es wusste schon immer.

Dass du es schaffer würdest.
Du besitzt wahre Stärke, wie sie sonst niemand hat.
Aber der erste Platz war ein Unentschieden ...
... bei diesem Turnier ...
Der Typ ...
... hat dich bedroht ...
... und dazu gezwungen, seinen Gegner zu erschießen.
Was?
Immerhin hast du ihn am Ende überrumpelt und mit einer Granate erledigt.
Äh ... nein.
Kirito hat mich nicht bedroht.

Asada, du hast mir doch gesagt ...
... ich solle warten.
Du hast gesagt ...
... wenn ich warte, wirst du irgendwann mein sein.
Also ...
Kyouji ...

Asada ... ich mag dich.
PACK
Ah ...?!
Ich liebe dich, meine Asada!
Meine Sinon!
Hör auf
Stopp!
WAMM

So geht das nicht ...
... Asada.
...
SST
Du darfst mich nicht betrügen.

Sword Art Online

Phantom Bullet

ソードアート・オンライン
Sword Art Online
Phantom Bullet

stage.019
FWPP
Beweg dich nicht.
Mach keinen Laut.
In dieser Hochdruck-injektions-spritze ist Succinyl-cholin.
Wenn das in deinen Körper gelangt, werden deine Muskeln gelähmt.
Dann werden auf der Stelle deine Lunge und dein Herz versagen.

»Zur selben Zeit, wenn die Zielperson im Spiel getötet wird ...
... geschieht auch der echte Mord!«
»Es gibt einen Komplizen in der Wirklichkeit!«
Das heißt ...
... dann ...
... gehörst du ...
... zu Death Gun ...
!
... Kyouji?

Du hast sogar Death Guns Geheimnis durchschaut.
Besser gesagt, bisher war ich Sterben.
Aber diesmal habe ich den Part in der Wirklichkeit übernommen.
Ich kann doch nicht zulassen, dass dich ein anderer Mann anfasst, Asada.
Selbst wenn es mein Bruder ist.
Dein ... Bruder ...?
Der Spieler, der früher in SAO in der PK-Gilde war, ist sein ... Bruder?
Es stimmt, ich bin ein Teil von Death Gun.

Keine Sorge, Asada, ich lass dich nicht allein.
Ich komme gleich nach.
...!
N... Nein!
Du darfst nicht an Selbstmord denken!
Du kriegst das wieder hin!
Du gehst doch auch zur Vorbereitungsschule?
Wolltest du nicht Arzt werden?
Arzt?
Mit ...
... meinen miserablen Prüfungsergebnissen?

Diese ...
... scheiß Wirklichkei ist mir tota egal.
Meine Eltern ... die Leute aus meiner Schule ... Das sind doch alles nur Idioten!
Wäre ich nur der Beste in *GGO* geworden ...
... wäre ich zufrieden gewesen.
Aber ... dann hat dieser verdammt XeXeeD diese Lüg erzählt ...
... dass der AGI-Build der stärkste sei!
Dieser Feigling ist schuld, dass Spiegel nicht mal ein M16 richtig ausrüsten kann.
Verdammt! Verdammt!

Jetzt kriege ich nicht mal mehr die Gebühren zusammen.
GGO ... war alles für mich. Ich habe mein echtes Leben dafür aufgegeben!
Und deswegen ... hast du XeXeeD getötet?
Vegen so twas ...?
Genau.
Diese Leute zu töten, hat mich zum Stärksten gemacht.
Wir werden zusammen wieder-geboren werden ...
... in einer Welt wie GGO ...
Nein, lieber in einer Fantasy-Welt.
Vir werden usammen-leben als Mann und Frau.
Ich habe in dieser wertlosen Realität nichts mehr zu schaffen.
Also, Asada ... Komm mit mir in die nächste Welt.
Gemeinsam Abenteuer erleben ... und Kinder bekommen ...
as wird estimmt toll.

Asada ...
Ich habe dich schon immer geliebt.
Schon seit ich in der Schule ...
... von deiner Vergangenheit gehört habe.
Was?!
Deswegen habe ich für die Legende von Death Gun ...
... das Modell 54 ausgewählt.
Du hast einen Verbrecher mi einer echte Waffe erschossen!
Ein Mädchen wie du ist einzigartig in Japan!
Ich hab dich bewundert ...

Mehr als sonst jemanden ...
... liebe ich dich.
Das ... darf nicht ...

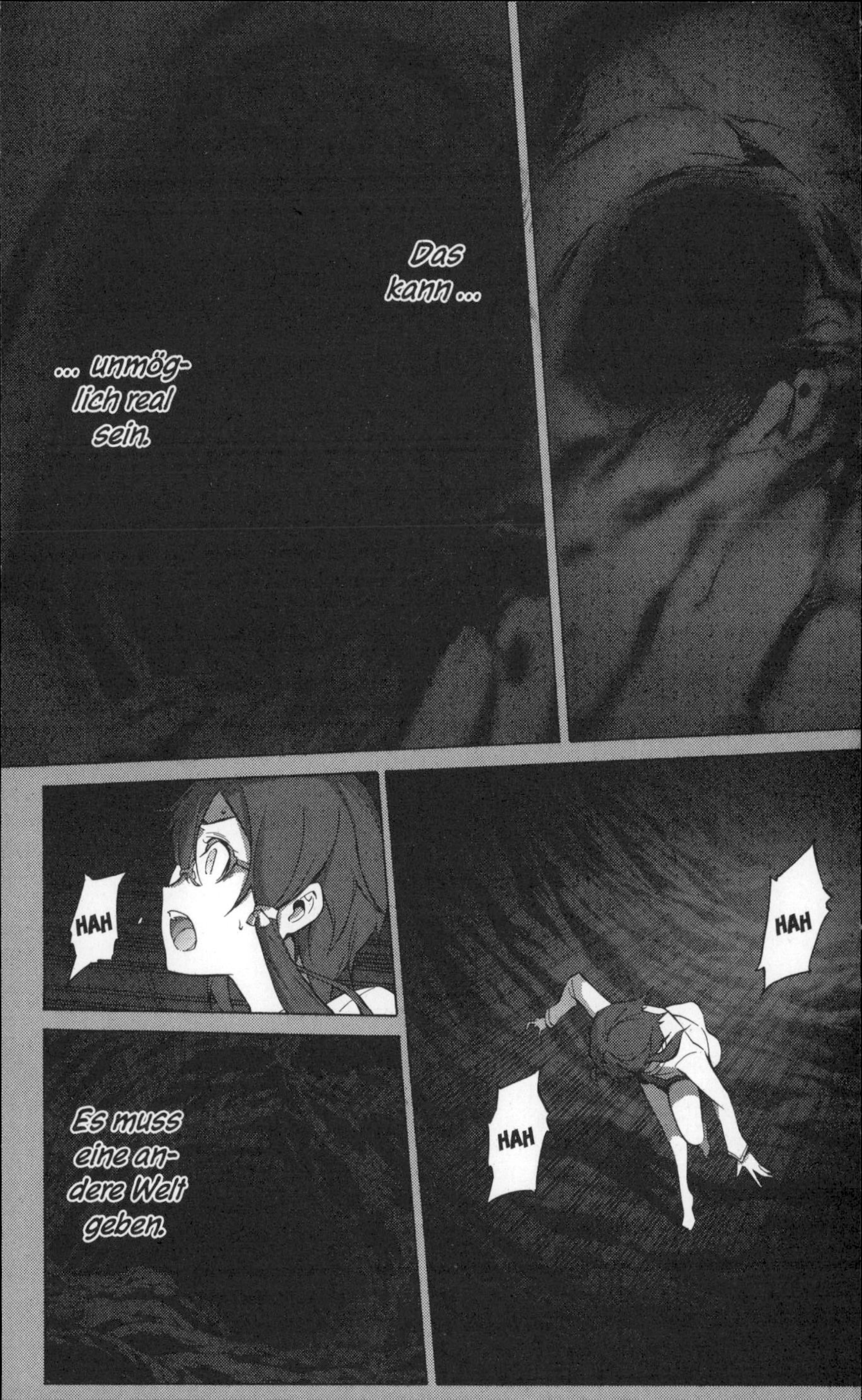
Das kann ...
... unmög-lich real sein.
HAH
HAH
HAH
Es muss eine an-dere Welt geben.

Eine Welt, wo der Unfall, der meinen Vater tötete, nie passiert ist.
In irgendeiner Welt muss es eine Shino Asada geben ...
... die ein durchschnittliches, aber glückliches Leben führt.
Dort gab es keinen Überfall auf die Post.
Ich habe Kyouji nie kennengelernt.
Auch ich ...
... habe in GGO nach Stärke gesucht.
Zu einem bestimmten Zeitpunkt dachte ich, ich hätte endlich einen Weg für mich gefunden.
Aber ...

Es war alles umsonst.
Ich kann mich nicht wehren.
Ich kann nicht mal die Augen öffnen.
Empfindest du ...
... auch diese Reue?
Hasst du die virtuelle Welt ...
... die dir so viel genommen hat?

Nein.
Du versuchst nicht, dich deiner Verantwortung zu entziehen.
Deswegen konntest du auch den aussichtslosen Kampf gegen Death Gun gewinnen.
Du bist stark ...
... Kirito.
Vielleicht ist er gerade auf dem Weg hierher.
Dann würde er auf Kyouji treffen.
Dass er in die Sache reingezogen und getötet werden könnte ...

Das ist ...
... eine ganz andere Sache.
Bisher ...
... haben wir immer nur auf uns selbst geachtet ...
... und für uns selbst gekämpft.

Lass uns ...
... zu guter Letzt ein-mal ...
... für jemand anderen kämpfen.
Nun komm.

DRISCH

HAH
HAH
GRMPF
FWUSCH
Zur Tür!
RATTER

sada?
FWUPP
Warum tust du ...
... das?
Du hast doch nur mich.
Ich habe dir immer geholfen.
NGHHH
Dich be-schützt ...
PACK
A...

Asada!
Asada!
Asada!
Asada!
Asada
...
KLACK
Ha!

KRACK
KARUMMS
Gyaaaah!

?!
Lauf weg, Sinon!
WUMPP
BAMM
Hol Hilfe!

Kirito!

Sword Art Online

Phantom Bullet

ソードアート・オンライン

Sword Art Online

Phantom Bullet

KAZUSCH
!!!

KATSCHOCK
ZWOTSCH
Kirito!
Uh ...
Kirito!!!

stage.020

Hey, Asada.
Du hilfst doch deinen Freundinnen in der Not, oder?
Lass mal fürs Erste ...
... 20.000 rüberwachsen.
Ich hab's dir schon mal gesagt
Ich leih dir kein Geld.

Nur damit du's weißt.
Hab heute das Teil von meinem Bruder mit-gebracht.
Werd mal nic frech.
Ich mach dich fertig, Asada.

Hier!
Das Ding kann Karton und so durchlöchern.
BUBUMM
Ich soll's auf keinen Fall auf einen Menschen richten.
Aber ist doch okay für dich, oder?
Bist ja daran gewöhnt.

Heu
doch
Asad
Geh auf die Knie und ent-schuldige dich.
Sonst knall ich dich ab!
KLICK
KLICK
?!
H... Hä?!
Sche
Be, w
ist los
KLICK
KLICK
Kann nicht schießen.
Au
PACK
Ah!

Eine 1911 Govern-ment, hm? Dein Bruder mag's wohl klassisch.
Die Govern-ment hat neben einer Daumensi-cherung auch noch eine Griffstücksi-cherung.
Ohne hier und hier zu entsichern, kannst du nicht schie-ßen.
...
ußerdem nuss man uerst den Hahn zu-ickziehen.
SSST

KLANK
KULLER
H... Hör auf ...
Damit sollte man wirklich nicht auf Leute zielen.

HAH
HAH
HAH
Puh ...
Das war der erste Schritt.
TUSCHEL TUSCHEL
Hm?
Ah!
Auf wen wartet er?
Wüsst ich auch gern!

Sinon.
Hi, wie geht's?
0930
Ooooh
D... Da bin ich.
TAPP
Komm schon, gehen wir!

Ich bin froh, dass dir nichts passiert ist.
Ja, das war echt brenzlig.
Diese Spritze war quasi die wahre Death Gun.
VRUOOOM
FUOOOH
Zum Glück hat sie ...
... nur eine Elektrode des EKGs getroffen.
Kirito, stirb nicht!
Verdammt ...
Er hat mich erwischt ...
Mir fällt auf die Schnelle ...
.. kein etzter Ville ein ...
Was ist das?

Einige Tage nach dem *BoB*...
... hat Kikuoka uns den ganzen Vorfall erklärt.
Shouichi Shinkawa und sein jüngerer Bruder Kyouji sind die Söhne des Direktors einer Allgemeinklinik.
Der hohe Erwartungsdruck an sie als Erben hat ihnen zugesetzt.
Sie suchten Zuflucht in MMORPGs. Nach Shouichis Rückkehr aus *SAO* war er für seinen kleinen Bruder ein Idol.

An einem Tag im Oktober erzählte Kyouji seinem großen Bruder, dass er mit seinem Charakterbuild in eine Sackgasse geraten war.
Er wollte XeXeed beseitigen, den er dafür verantwortlich machte.
So entstand die Grundidee für Death Gun.
Das Krankenhaus ihres Vaters verfügt über einen legalen Mastercode, um im Notfall in die Wohnung eines Patienten zu kommen.
Diesen entwendeten sie mitsamt Hochdruckinjektionsspritzen und der tödlichen Substanz.
Doch ein Opfer reichte nicht als Demonstration von Death Guns Macht.
Das Vorhaben der Brüder eskalierte zusehends.
Sie entschieden sich, beim Turnier gleich drei Personen zu töten.

Für dieses Verbrechen ...
... hat Shouichi einen Bekannten aus SAO-Zeiten ins Boot geholt
Und dieser ist noch immer auf der Flucht.
Die Brüder kommen vermutlich in eine Klinik für forensische Jugendpsychiatrie.
Immerhin haben die beiden jeglichen Bezug zur Realität verloren.
Nein.
Kyoujis Realität war GGO.
Er hat die echte Welt komplett aufgegeben.
Er hat eine Wirklichkeit ...
... gegen eine andere getauscht.
Und darin wollte er der Beste werden.

QUIETSCH
Sorry, dass ich dich noch mal mitschleppe.
Du wolltest mir jemanden vorstellen?
Ja.
Erst mal muss ich mich entschuldigen, Sinon.
Hm?
Dicey Cafe.

Es wird dir vielleicht unangenehm sein oder dich wütend machen ...
Aber ...
... ich konnte es einfach nicht dabei belassen.
Weil es da jemanden gibt, den du treffen solltest.
Und Worte gibt, die du hören solltest.
Was zum ...?
KLACK
Willkommen!

Da sind wir!
Ihr seid spät!
Das ist der dritte Champion von GGO, Sinon alias Shino Asada.
Hör doch auf!
Das ist Rika Shinozaki alias Lisbeth, die Abzocker-schmiedin.
Wie bitte?!
Und das ist die Berserkerheilerin Asuna alias Asuna Yuuki.
Wie gemein ...
Und das ist Agil, die Wand.
Wer ist hier 'ne Wand?!
Und ...

VERBEUG
Es freut mich, dich kennenzule nen. Shino Asada ...
... richtig?
Mein Name ist Sachie Oosawa.
Die Kleine heißt Mizue. Sie ist vier.
Ich bin erst nach ihrer Geburt nach Tokyo gezogen.
Davor habe ich in einer Stadt in Tohoku gearbeitet.
Ich war angestellt ...

... in der Sanchome-Postfiliale.
Was ...?!
Wa...
RUMS
Wa-rum ...?!
Es tut mir leid.

Bitte verzeih mir ...
... Shino.
»Rückt das Geld raus!«
Wird's bald?!
Ich knall dich ab!
Uah!
PAMM
Ah ...
Aaaaah!!!
Argh ...!
Ich sagte, nicht den Knopf drücken!!
Sonst knall ich noch einen ab!!?!
Ich tu's!!

Argh!
KLACK
Du hast dich all die Zeit gequält.
PAMM
Das hätte ich gewusst, wenn ich ich einmal deine Lage versetzt hätte.
Ich hätte ...
... dich längst treffen sollen.
Aber ich wollte den ganzen Vorfall vergessen ...
... und dann kam der Umzug nach Tokyo.

Ich habe mich nie bei dir entschul-digt.
Oder auch nur bedankt ...
Als der Überfall passiert ist, war ich mit ihr schwan-ger.
Deswe-gen ...
... hast du nicht nur mich ...
... sondern auch ihr Le-ben gerettet, Shino.
Ich bin dir so dank-bar.
Vielen, vielen Dank.

Ich habe ihr Le- ben ...
... ge- rettet?

Sinon.
Du hast dir die ganze Zeit Vorwürfe gemacht und wolltest dich selbst bestrafen.
Aber ...
... du hast das Recht, auch an die Men-schenleben zu denken, die du gerettet hast.
Du hast das Recht, an sie zu denken und dir selbst zu vergeben.
Das wollte ich ...
... dir unbedingt ...

FÜR SHINO
Shino.
Danke, dass du Mama ...
... und mich gerettet hast.
Danke schön!

TROPF

Es wird noch lange Zeit dauern, bis ich meine Vergangenheit vollkommen akzeptieren kann.

Trotzdem liebe ich diese Welt, in der ich lebe.

Das Leben ist schmerzhaft und der Weg, der vor mir liegt, beschwerlich.
Aber ich kann diesen Weg gehen.
Davon bin ich überzeugt.
Denn diese Hand, die meine hält, und die Tränen, die über meine Wangen strömen …
… sind so wunderbar warm.
Sword Art Online Phantom Bullet - Ende

ソードアート・オンライン

Sword Art Online

Phantom Bullet

Besonderer Kommentar

Zeichnungen: Koutarou Yamada

Damit ist der Manga zu *Sword Art Online - Phantom Bullet* abgeschlossen!

Erst einmal möchte ich mich in aller Form für die lange Pause nach dem dritten Band entschuldigen. Eigentlich sollte diese Reihe parallel zu *Alicization* erscheinen, doch durch meine Unzulänglichkeiten hat sich die Veröffentlichung verzögert. Ich bin sehr froh, dass ich die Reihe nun zum Abschluss bringen konnte.

Bevor ich mit der Arbeit an dieser Reihe begonnen habe, hatte ich nie wirklich Schusswaffen gezeichnet und daher Sorge, ob ich es gut umsetzen können würde. Doch mit der Hilfe verschiedener Menschen und insbesondere dem Referenzmaterial, das ich vom Produktionsteam des Animes bekam, ist es mir doch geglückt. Es war eine spannende Arbeit, mehr über mir unbekannte Themen zu lernen und mein Wissen zu erweitern.

Meine persönliche Lieblingsszene findet ihr in Kapitel 19, als Sinon Shino Asada einen sanften Schubs gibt. Dass es mir gelungen ist, diese ermutigende Szene zu zeichnen, freut mich sehr!

Ich möchte dem Autor Reki Kawahara, dem Illustrator abec, den Redakteur*innen, dem Produktionsteam und den Zeichner*innen des Animes danken!

Zuletzt ein Wort an euch Leser*innen: Trotz der langen Wartezeit habt ihr mir mit eurer fortwährenden Unterstützung den Ansporn gegeben, diese Reihe fertigzustellen. Danke, dass ihr *Phantom Bullet* bis zum Schluss treu geblieben seid!

Koutarou Yamada

004

SWORD ART ONLINE PHANTOM BULLET

ZEICHNUNGEN: KOUTAROU YAMADA

ORIGINAL: REKI KAWAHARA

CHARAKTERDESIGN: abec

Illustration: Koutarou Yamada

TOKYOPOP GmbH
Hamburg

TOKYOPOP
1. Auflage, 2023
Deutsche Ausgabe/German Edition

Aus dem Japanischen von Miryll Ihrens

SWORD ART ONLINE Phantom Bullet Vol. 4

First published in Japan in 2022 by
KADOKAWA CORPORATION, Tokyo.
German translation rights arranged with
KADOKAWA CORPORATION, Tokyo.

Redaktion: Sabine Scholz
Lettering: Vibrant Publishing Studio
Herstellung: Shujun Wong
Druck und buchbinderische Verarbeitung:
CPI–Clausen & Bosse GmbH, Leck
Printed in Germany

FSC MIX Papier FSC® C083411

Wir achten auf die Umwelt.
Dieses Produkt besteht aus FSC®-zertifizierten und anderen kontrollierten Materialien.

ISBN 978-3-8420-8989-1

www.tokyopop.de

STOPP!

Dies ist die letzte Seite des Buches!
Du willst dir doch nicht den Spaß verderben
und das Ende zuerst lesen, oder?

Um die Geschichte unverfälscht und originalgetreu mitverfolgen zu können, musst du es wie die Japaner machen und von rechts nach links lesen. Deshalb schnell das Buch umdrehen und loslegen!

So geht's:

Wenn dies das erste Mal sein sollte, dass du einen Manga in den Händen hältst, kann dir die Grafik helfen, dich zurechtzufinden: Fang einfach oben rechts an zu lesen und arbeite dich nach unten links vor. Viel Spaß dabei wünscht dir TOKYOPOP®!